UN HOGAR para PÁJARO

Philip C. Stead

OCEANO travesía

A los hogares que he amado
(y también a los que no).

Título original: *A Home for Bird*

© 2012 Philip C. Stead

Traducción: Pilar Armida

Publicado según acuerdo con Roaring Brook Press, una división de Holtzbrinck Publishing
Holdings Limited Partnership, a través de Sandra Bruna Agencia Literaria, S.L.

D.R. © Editorial Océano, S.L.
Milanesat 21-23, Edificio Océano, 08017 Barcelona, España
www.oceano.com

D.R. © Editorial Océano de México, S.A. de C.V.
Blvd. Manuel Ávila Camacho 76, piso 10, 11000 México, D.F., México
www.oceano.mx
www.oceanotravesia.mx

Primera edición: 2015

ISBN: 978-607-735-584-7
Depósito legal: B-6650-2015

Reservados todos los derechos. Ninguna parte de esta publicación puede ser reproducida, almacenada
o transmitida por ningún medio sin permiso del editor. Cualquier forma de reproducción, distribución,
comunicación pública o transformación de esta obra sólo puede ser realizada con la autorización de sus
titulares, salvo excepción prevista por la ley. Diríjase a CEDRO (Centro Español de Derechos Reprográficos,
www.cedro.org) si necesita fotocopiar o escanear algún fragmento de esta obra.

IMPRESO EN ESPAÑA / *PRINTED IN SPAIN*

9004006010315

VERNON ESTABA BUSCANDO cachivaches interesantes cuando encontró a Pájaro.

—¿Estás bien? —le preguntó Vernon.
Pájaro no dijo nada.
—¿Estás perdido?
Pájaro no dijo nada.
—Si quieres, puedes acompañarme
—dijo Vernon.

Vernon le presentó a Pájaro a sus amigos.

—Pájaro —dijo Vernon—, ellos son Mofeta y Puercoespín.

Pájaro no dijo nada.

—Pájaro es un poco tímido —dijo Vernon—. Pero es muy bueno cuando se trata de escuchar.

Vernon le mostró a Pájaro el río…

y el bosque.

Llevó a Pájaro a buscar cachivaches…

y a ver pasar las nubes.

Pájaro no dijo nada.

—Estoy preocupado por Pájaro —dijo Vernon—.
Creo que no es feliz.
—Tal vez está perdido —dijo Mofeta.
—Quizás extraña su hogar —dijo Puercoespín.

Así que Vernon decidió emprender un viaje
para ayudar a Pájaro a encontrar su hogar.

Alistó el bote,

encontró un remo

y se despidió de sus amigos.

Juntos, Vernon y Pájaro siguieron la corriente del río, hacia lo desconocido.

Vernon le mostró a Pájaro
muchos lugares.

—¿Es este tu hogar? —le preguntaba.

—¿Qué tal este?

—¿Y este?

Vernon suspiró. "Pájaro hablará cuando encontremos el lugar correcto", pensó.

Pero por más lugares que Vernon le mostraba,
Pájaro no decía nada.

Vernon estaba triste.

Pero Vernon era un amigo persistente.

Y con un poco de ayuda,

él y Pájaro se dejaron llevar por el viento.

—Espero que sea una buena idea —dijo Vernon.
Pájaro no dijo nada.
"Pájaro es muy valiente", pensó Vernon.

Después de una larga travesía, los amigos por fin se detuvieron.

—Hola —le dijo Vernon a un amable desconocido—. Creo que estamos perdidos.

El extraño señaló en dirección

a una casa al final del camino.

—Estoy muy cansado —dijo Vernon.

Pájaro no dijo nada.

"Pájaro también está cansado", pensó Vernon. "Tal vez deberíamos pasar la noche aquí".

Vernon y Pájaro se deslizaron
hacia el interior.

Se presentaron con
sus nuevos amigos,

y después de trepar y trepar llegaron a una pequeña casa
que estaba colgada en la pared.

"Esta casa necesita algunas reparaciones", se dijo Vernon, y colocó la puerta de nuevo en sus bisagras. "Espero que a Pájaro no le importe".

Acomodó a Pájaro en el piso de arriba.

Él se acostó en la planta de abajo…

… y se quedó dormido con el suave arrullo
del tictac, tictac, tictac…

Vernon se despertó con la luz de la mañana.
Le gustaba esta casa y sus sonidos alegres.
"Me pregunto si a Pájaro también le gusta",
dijo Vernon para sí mismo.

Y Pájaro dijo:

¡CUCÚÚ!
¡CUCÚÚ! ¡CUCÚÚ!
¡CUCÚÚ! ¡CUCÚÚ!
¡CUCÚÚ!

Vernon se sintió muy feliz.